妖怪《ようかい》ハンター・ヒカル

闇夜《やみよ》の百目《ひゃくめ》

斉藤 洋・作　大沢幸子・絵

もくじ

登場人物紹介《とうじょうじんぶつしょうかい》

芦屋《あしや》ヒカル

妖怪《ようかい》ハンターにスカウトされる。寒《さむ》さを感《かん》じたことがなく、暗《くら》いところでもなんとなく明《あか》るくなって見える。

波《なみ》倉《くら》四郎《しろう》

ヒカルに妖怪《ようかい》ハンターをたのむ。妖怪《ようかい》が住《す》むテーマパークを作《つく》るのが夢《ゆめ》。

ヒカルの父・母・おじいさん

ごくふつうの父さん、母さん、おじいさん。

シロガネ丸《まる》

陰陽師《おんみょうじ》をさがして千年以上《いじょう》生きてきたばけ猫《ねこ》。たよりになる。

一

会社を早びけしてきた父さんと〈それがはじまり〉

芦屋《あしや》　光《ひかる》様《さま》

とつぜんのお手紙で失礼《しつれい》いたします。本日《ほんじつ》、こうしてお手紙をさしあげますのは、あなたにおねがいがあってのことです。あなたのおうちにある鉄《てつ》の小箱《こばこ》をわたしのうちに、あなたご自身《じしん》、おひとりでもってきていただきたいのです。事情《じじょう》はあなたのお父様《とうさま》にもお話ししておきますので、よろしくおねがいいたします。

波倉《なみくら》　四郎《しろう》

追伸《ついしん》：なお、あなたのお父様《とうさま》にトウキョウ・オールディーズランドの招待券《しょうたいけん》をおわたししておきますので、わたしのうちにいらっしゃるまえに、ぜひご家族《かぞく》でいってらしてください。すべてのアトラクションを一日でおたのしみいただけるよう、手配《てはい》させていただきます。

ぼくあてのこういう手紙をもって、父さんが会社を早びけしてきたのは、春休みの金曜のおひるごろだった。

「あした、家族《かぞく》でトウキョウ・オールディーズランドにいって、あさって、おまえに波倉《なみくら》会長のうちにいってもらうことにした。」

父さんは手紙をぼくにわたすと、そういった。

トウキョウ・オールディーズランド

トウキョウ・オールディーズランドというのは、三十くらいアトラクションがあるテーマパークだ。明治時代《めいじじだい》の東京《とうきょう》をテーマにしている。たいていのアトラクションは行列《ぎょうれつ》ができている。三十分まちなんていうのはあたりまえだ。なかには二時間まちなんていうものもある。平日《へいじつ》、朝からいってでも半分くらいのアトラクションに入場できれば運《うん》がいいほうなのだ。〈一日でおたのしみいただける〉ということは、まち時間なしということだろう。

「トウキョウ・オールディーズランドにいくのはいいけどさ。どうしてぼくが波倉《なみくら》さんっていう人のうちにいかなけりゃならないんだ。それに、うちにある小箱《こばこ》ってなんのことだろう。」

ぼくがそういって首をかしげると、父さんはいった。

「波倉《なみくら》会長がいうには、火のもようのある鉄《てつ》の小さな箱《はこ》だってことだから、ほら、おまえ、おじいちゃんにもらった箱《はこ》があったろ、あれじゃないか。」

その箱《はこ》というのは、浦島太郎《うらしまたろう》がおとひめ様《さま》からもらった箱《はこ》を小さくしたよ

うな、ずいぶん古《ふる》そうな鉄《てつ》の箱《はこ》で、単二《たん》電池《でんち》をよこに四本ならべたら、それでいっぱいになってしまうくらいの大きさしかない。去年《きょねん》の夏、神戸《こうべ》のおじいさんのうちにいったとき、おじいさんに見せてもらい、なんだかきゅうにほしくなって、もらったのだ。でも、もらったはいいけれど、使《つか》い道はほとんどない。
「それなら、つくえのひきだしに入ってるよ。シャーペンのしんとか、まだ使《つか》ってないけしゴムなんかを入れてある。だけど、波倉四郎《なみくらしろう》っていう人、何者《なにもの》なの？父さん、さっきから波倉《なみくら》会長っていって

るけど。」

ぼくがそういうと、父さんは、

「おまえ、波倉《なみくら》会長、知らないの？　東神《とうじん》グループの会長だよ。東神鉄道《とうじんてつどう》、知ってるだろ。東京《とうきょう》と神奈川《かながわ》をむすんでいる電車、あの鉄道《てつどう》会社のグループの会長さ。トウキョウ・オールディーズランドだって、東神《とうじん》グループのひとつなんだ。おれがはたらいている会社は、東神鉄道《とうじんてつどう》ととりひきがあって、そのとりひきがなくなったら、うちの会社なんて、三日でアウト。おれ、朝、いきなり社長に内線電話でよばれ、『東神鉄道《とうじんてつどう》の会長さんがきみに会いたいとおっしゃってるから、社長室にきなさい。きみにたのみがあるとのことだ。』といわれて、めちゃくちゃびっくりした。」

といって、その日、東神《とうじん》グループの会長、波倉四郎《なみくらしろう》が父さんの会社にとつぜんやってきた話をした。

波倉《なみくら》会長のたのみというのは、ぼくのうちに古い小さな鉄《てつ》の箱《はこ》があるはずで、それを見せてほしいというものだった。どんな箱《はこ》かという説明《せつめい》をきいて、父さんはすぐに、ぼくが神戸《こうべ》のおじいさんからもらった鉄《てつ》の小箱《こばこ》のことを思いだした。それで父さんが、

「では、これからうちにかえって、もってまいりましょうか。」

というと、波倉《なみくら》会長は、

「いや。できれば、うちにとどけてほしいんですよ。芦屋《あしや》さん。あなた、ヒカル君というご子息《しそく》がいらっしゃいますね。ヒカル君にとどけてもらいたいのです。」

といったというのだ。

これには、ぼくもおどろいた。

「なんで、その人、ぼくのこと知ってるんだ。それに、あの箱《はこ》がうちにあるのをどうして知ってるんだろう。」

ぼくがそういうと、父さんは首をかしげた。

「おれもそのへんがふしぎだよ。でも、そういうこと、きけるふんいきじゃなかったんだよ。そこにはうちの社長もいたし、なにしろあいては東神《とうじん》グループの会長だよ。それでさ、トウキョウ・オールディーズランドの招待《しょうたい》券《けん》くれて、おまえあての手紙をあずかったってわけ。なんだか知らないけど、トウキョウ・オールディーズランドのアトラクションをぜんぶ体験《たいけん》してから、おまえに箱《はこ》をもってきてもらいたがってた。」

それまでだまってぼくと父さんのやりとりをきいていた母さんが、ようやくここで口をはさんだ。

「でも、ヒカルをそんなにえらい人のところにひとりでやって、だいじょうぶかしら。」

「問題《もんだい》はそれだ。ううむ……。」

とうなって、父さんがぼくの顔を見ると、母さんもぼくの顔をしみじみと見て、いった。

「ヒカル。ちゃんとおぎょうぎよくしなくちゃだめよ。あんたがしくじったら、父さん、会社、やめなきゃならなくなるかもなんだから。」

父さんもだんだんこころぼそくなってきたようで、

「とにかく、あしたみんなでトウキョウ・オールディーズランドにいき、あさって、ヒカルが波倉《なみくら》会長のおたくに箱《はこ》をもっていくってことになっちゃったんだから……。」

といってから、わざとらしい元気のいい声で、いいたした。

「なあに、一度《ど》波倉《なみくら》会長のうちにいって、あの箱《はこ》を見せてくりゃあ、それでおわりさ。だいじょうぶ、だいじょうぶ。しかも、うちまでヒカルを車でむかえにきてくれて、かえりもおくってくれるそうだからな。きっと、高級《こうきゅう》車《しゃ》だぞ。ベンツかな。」

と、そういうわけで、ぼくと父さんと母さんはつぎの日、つまり土曜日に、トウキョウ・オールディーズランドにいった。じつをいうと、ぼくたちは父

さんの車でいくつもりだったのだが、朝、ダークブルーの大型《おおがた》ベンツがぼくたちをむかえにきたのだ。
運転手《うんてんしゅ》はみょうに無口《むくち》な人で、話しかけても、「はい」と「いいえ」しかいわないような人だった。それで、ぼくも父さんも母さんもきんちょうしてしまい、なんだか無口《むくち》になり、車がトウキョウ・オールディーズランドについたときには、どっとつかれていた。
トウキョウ・オールディーズランドでは、まち時間ゼロで、ぜんぶのアトラクションをまわることができた。けれども、さいしょからさいごまでトウキョウ・オールディーズランドの社長に案内《あんない》されていたから、あそびにきているというより、視察《しさつ》にきたというかんじになっていた。

そして、つぎの日の日曜日の朝、同じ運転手《うんてんしゅ》の同じベンツがぼくをむかえにきた。ぼくは、ていねいにふろしきにつつまれた鉄《てつ》の小箱《こばこ》をもって、波倉《なみくら》会長のうちに出かけていった。

だが、父さんがいったように、〈一度《ど》波倉《なみくら》会長のうちにいって、あの箱《はこ》を見せてくりゃあ、それでおわり〉というふうにはぜんぜんならず、それどころか、〈それがはじまり〉だったのだ。

二

封怪函《ふうかいかん》と波倉《なみくら》会長のゆめ

波倉《なみくら》会長のいえ、というか、やしきにつくと、黒いスーツをきた男の人が広いげんかんでぼくをまっていて、ぼくは学校の教室くらいあるへやに案内《あんない》された。そこには、あちらこちらにソファーやひじかけいすがあり、テーブルもいくつかおかれている。まどからは中庭《なかにわ》が見えた。

ぼくがそのへやに入ると、男の人はどこかへいってしまい、頭がすっかり白髪《しらが》になっているおじいさんがぼくをでむかえた。

「ようこそ。芦屋《あしや》ヒカル君ですね。波倉《なみくら》です。」

と、おじいさんはそういい、へやのまん中あたりにある革《かわ》ばりのひじかけいすをぼくにすすめた。

この人が東神《とうじん》グループの会長の波倉《なみくら》四《し》郎《ろう》という人か。見たところ、品《ひん》のいいおじいさんだけど……。

ぼくはそんなふうに思いながら、

「こんにちは。」

とひとまずあいさつをして、いすにすわった。すると、波倉《なみくら》会長は小さなテーブルをはさんで、やはりひじかけいすにこしかけた。

「きょうは、わざわざきていただいて、ありがとう。さっそくですが、トウキョウ・オールディーズランドはいかがでしたか？」

会長にきかれ、ぼくは答えた。

「たのしかったです。」

すると、会長はさらにつっこんで質問《しつもん》してきた。

「たのしかった？　なるほど。それで、とくに印象《いんしょう》にのこったアトラクションは何かね？」

「そうですね……。」

といってから、ぼくは答えた。

「〈夕ぐれの西洋《せいよう》やしき〉でしょうか。」

〈夕ぐれの西洋《せいよう》やしき〉というのは、明治時代《めいじじだい》のたてものの中で、ダンスパーティーがおこなわれていて、ダンスに参加《さんか》したいお客《きゃく》には、いしょうをかしてくれる。ところが、ダンスのあいては、よく見ると体がすけていたりする。つまり、幽霊《ゆうれい》やしきのダンスパーティーで、幽霊《ゆうれい》はレーザー光線でつくられているということなのだ。

父さんも母さんもいしょうをかしてもらって、ダンスにくわわったが、ふたりともワルツなんかおどれないのに、レーザーでつくられた幽霊《ゆうれい》にさそわれておどると、おどろくほどじょうずにおどれたといっていた。

「ほう。じゃあ、きみもダンスをしたのかね。」

会長にたずねられ、ぼくは答えた。

「いえ。ぼくはダンスなんてぜんぜんできないし、それに、レーザーでできた幽霊《ゆうれい》が、どういうわけか、ぼくだけダンスにさそいにこなかったんです。」

すると、会長は小さくうなずき、

「ところで、封怪函《ふうかいかん》はもってきていただけましたか?」

とべつのことをきいた。

「フウカイカンって、鉄《てつ》の小箱《こばこ》のことですか。それなら、もってきました。」

ぼくはふろしきをほどき、鉄《てつ》の小箱《こばこ》をテーブルの上においた。

「さわってもいいかな?」

会長は小箱《こばこ》をじっと見つめたまま、そういった。

「いいですよ。」

とぼくが答えると、会長は小箱《こばこ》のふたを指《ゆび》でちょっとさわって、すぐに手をひっこめ、

「やはり……。」

とつぶやいてから、ぼくにいった。

「たしかに、これは封怪函《ふうかいかん》だ。封怪函《ふうかいかん》とは、妖怪《ようかい》を封《ふう》じこめる箱《はこ》といういみなんだが、きみ、これにさわって、なんともないみたいだね。」

「べつに、なんともないですけど。」

「そうか……。」

会長はうなずくと、テーブルの上にあった、小さなボタンのようなものをおした。よく、ファミレスなんかでウェイターをよぶときに使《つか》うようなやつだ。

すると、さっきの黒いスーツをきた男の人が入ってきた。会長はその人にいった。

「きみ。テーブルの上にある小箱《こばこ》を手でもってみなさい。」

「はい。」

と答え、男の人は小箱《こばこ》を手でもったが、三秒《びょう》もしないうちに、

「あちち……！」

といって、小箱《こばこ》をテーブルの上にもどした。

それを見て、会長が男の人に目であいずをすると、男の人は自分のてのひらを見ながら、へやを出ていった。

「ほら。ふつうの人間は、この箱《はこ》をずっともってはいられないんだよ。熱《あつ》くてね。」

会長はそういうと、

「きみがこれを平気《へいき》でつかめるのは……。」

といい、ぼくの目をじっと見つめた。

そのあと会長が、

「きみのてのひらの皮《かわ》がものすごく厚《あつ》いからだよ。」

というのかと思ったら、そうではなかった。会長はこういったのだ。

「きみが陰陽師《おんみょうじ》だからなのだ。きみは平安時代《へいあんじだい》のゆうめいな陰陽師《おんみょうじ》、蘆屋《あしや》道満《どうまん》の血《ち》をひく陰陽師《おんみょうじ》なのだ。封怪函《ふうかいかん》は蘆屋家《あしやけ》につたわる家宝《かほう》で、妖怪《ようかい》をとじこめるための小箱《こばこ》なのだよ。」

「陰陽師《おんみょうじ》って、まじない師《し》みたいなやつですか？　悪魔《あくま》ばらいみたいなことしたりする……？」

ぼくがそういうと、会長は、

「まじない師《し》や悪魔《あくま》ばらい師《し》とはちょっとちがうが、今のところは、まあ、そのようなものだと思ってもらってもいい。」

といってから、ぼくの目をのぞきこむようにして、こういったのだ。

「芦屋《あしや》ヒカル君。わたしにはどうしても実現《じつげん》したいことがあるのだ。そのためには、きみの力が必要《ひつよう》だ。きみの力で、わたしのゆめをかなえてくれないか。」

会長が何をいっているのかわからず、ぼくがめんくらって、

「ゆ、ゆめって……。」

と口ごもると、会長はいいはなった。

「機械《きかい》じかけなどではない、ほんものの妖怪《ようかい》が住《す》むテーマパークをつくりたいのだ！」

こうなってくると、めんくらうくらいではすまない。ぼくはあきれかえって、

ただ目をまるくしているしかなかった。すると、会長はさらにいった。

「じつはね。トウキョウ・オールディーズランドのアトラクションは、すべて機械《きかい》じかけなのだが、そうでないものがひとつある。それは、〈夕ぐれの西洋《せいよう》やしき〉だ。あれは、機械《きかい》じかけのふりをしたほんものの幽霊《ゆうれい》やしきなのだよ。」

大まじめな顔の会長を見て、ぼくはあきれかえるのをとおりこし、だんだんこわくなってきた。

ぼくが陰陽師《おんみょうじ》で、鉄《てつ》の小箱《こばこ》が封怪函《ふうかいかん》という妖怪《ようかい》を封《ふう》じこめる箱《はこ》で、〈夕ぐれの西洋《せいよう》やしき〉がほんものの幽霊《ゆうれい》やしきで……、と、そういうことのひとつひとつが、

「なあんだ、そうだったのか。やっぱりなあ。」

というふうに、すぐになっとくできるようなことではない。さらにそのうえ、ほんものの妖怪《ようかい》が住《す》むテーマパークをつくるだなんて……。

こ、こりゃあ、早くうちにかえったほうがいい！

ぼくはそう思い、

「あの、両親《りょうしん》が心配《しんぱい》するので、そろそろ……。」

といって、立ちあがろうとした。だが、そのしゅんかん、こちらに背《せ》もたれをむけていたソファーの、その背《せ》もたれの上に、にょっきり白いものが顔を出した。

なにかと思えば、それは大きな猫《ねこ》で、とじていた目をゆっくり開くと、左目が金色、右目が銀色だった。

「な、なんだ、猫《ねこ》か……。」

ぼくが大きく息《いき》をついてそういうと、大きな猫《ねこ》はソファーの背《せ》もたれをとびこえ、ゆかにとびおりた。そして、背中《せなか》をまるめてから、まえ足をつっぱって、のびをした。それから、顔をあげて、ぼくの顔をじっと見つめ、一度《ど》大きくまばたきすると、

「おれも手つだってやるから、四郎《しろう》のゆめをかなえてやれよ。」
といったのだった……。

三

黄金白銀丸《こがねしろがねまる》と猫《ねこ》のあずかり賃《ちん》

「おれも手つだってやるから、四郎《しろう》のゆめをかなえてやれよ。」

と白い猫《ねこ》が口をきいたあと、波倉会長《なみくら》がいったことをまとめると、だいたいこういうことだった。

むかしから世《よ》の中《なか》には、幽霊《ゆうれい》や妖怪《ようかい》に苦《くる》しめられている人々というのがけっこういて、そういう幽霊《ゆうれい》や妖怪《ようかい》をたいじするのが陰陽師《おんみょうじ》なのだ。もちろん、陰陽師《おんみょうじ》のしごとはそういうことばかりではないのだが、今からおよそ千年まえの平安時代《へいあんじだい》、安倍清明《あべのせいめい》というゆうめいな陰陽師《おんみょうじ》がいて、そのライバルが蘆屋道満《あしやどうまん》だった。それで、ぼくはその蘆屋道満《あしやどうまん》の子孫《しそん》らしい。〈蘆《あし》〉は〈芦《あし》〉の古い字なのだそうだ。

それはともかく、波倉《なみくら》会長がおばけや妖怪《ようかい》にきょうみをもったのは、会長が横浜《よこはま》に買《か》った別荘《べっそう》が、じつは幽霊《ゆうれい》やしきだということがわかったことにはじまる。会長はそのやしきをトウキョウ・オールディーズランドにうつし、あたかも機械《きかい》じかけのアトラクションのようなふりをさせているという。それが人気のアトラクション、〈夕ぐれの西洋《せいよう》やしき〉なのだ。

これについてぼくは、

「そんなこと、そのおばけ自身《じしん》がしょうちしているんですか。」

ときいてみた。すると、会長はこういった。

「もちろんだよ。横浜《よこはま》にあったころ、その西洋《せいよう》やしきに人が入ると、出てこなくなってしまったのだ。それでいろいろしらべ、その西洋《せいよう》やしきがさみしくて、入ってきた人間を外に出られなくしていたことがわかったのだ。だったら、トウキョウ・オールディーズランドにひっこしてもらえば、たくさんお客《きゃく》がきて、幽霊《ゆうれい》やしきのほうもさみしくないし、アトラクションもひとつふえるというわけで、わたしと幽霊《ゆうれい》やしきの利益《りえき》がいっちしたのだ。」

そういわれても、ぼくとしては、よく事情《じじょう》がのみこめなかったが、とにかく、その幽霊《ゆうれい》やしきがきっかけとなって、会長《かいちょう》は幽霊《ゆうれい》とかおばけとか妖怪《ようかい》にきょうみをもつようになったそうだ。

そんなある日、会長が陰陽師《おんみょうじ》のことをしらべていくうちに、古い書物《しょもつ》の中に、封怪函《ふうかいかん》のことが書いてあるのをみつけた。それは、陰陽師《おんみょうじ》の蘆屋道《あしやどう》満《まん》の子孫《しそん》につたわる品《しな》で、妖怪《ようかい》をとじこめる小さな鉄《てつ》の箱《はこ》だ。蘆屋道満《あしやどうまん》の子孫《し》孫《そん》以外《いがい》の者《もの》がさわると、熱《あつ》くて手にもつことができないとつたえられている。

会長は封怪函《ふうかいかん》が現在《げんざい》どこにあるかしらべさせた。そして、とうとう、ぼくのおじいちゃんの芦屋光一郎《あしやこういちろう》がそれを所有《しょゆう》していることがわかった。同時に、まさにその芦屋光一郎《あしやこういちろう》が蘆屋道満《あしやどうまん》の子孫《しそん》であることも判明《はんめい》したのだった。そこで、芦屋光一郎《あしやこういちろう》にといあわせたところ、それならヒカルという孫《まご》にやって

しまったというへんじがかえってきたのだ。

そこまで説明《せつめい》をきいたとき、ぼくは会長にたずねた。

「それで、ぼくにその箱《はこ》をもってこさせたのですか。」

会長は、

「まあ、そうなんだが、もちろん、きみがもっていることがわかってすぐではないよ。失礼《しつれい》とは思ったが、うちのグループの中の調査《ちょうさ》会社を使《つか》って、きみのことをしらべさせてもらった。きみの力も知りたかったしね。」

と答えたあとで、ぼくにきいてきた。

「きみは、冬でもTシャツ一まいで、寒《さむ》くないらしいね。」

「はい。みっともないからって母さんがいうので、ジャケットなんかきますけど、Tシャツ一まいで平気《へいき》です。ともだちなんか、寒《さむ》い寒《さむ》いっていうけど、ほんとうをいうと、ぼくは、寒《さむ》いということがどういうことかわからないんです。」

ぼくのへんじに、会長は満足《まんぞく》そうにうなずき、

「たいへんけっこう！」

といった。それから会長は立ちあがって、べつのテーブルにおいてあった紙ぶくろをもってきた。そして、その中からおりたたまれた紙を出すと、それをぼくのまえのテーブルにひろげて、もとのいすにすわった。

見れば、それはどこかの地図らしかった。その地図の一か所《しょ》を指《ゆび》でしめし、会長はいった。

「これは横浜《よこはま》の地図だ。横浜港《よこはまこう》のこのあたりに妖怪《ようかい》が出て、それは……。」

会長がそこまでいったとき、ぼくはあわてて口をはさんだ。

「ちょ、ちょっとまってください。ぼく、まだ……。」

ぼくがそういうと、会長は、

「そうだね。いくら蘆屋道満《あしやどうまん》の子孫《しそん》とはいえ、百パーセント安全《あんぜん》っていう種類《しゅるい》のしごとでもないしね。きみとしても、お父さんやお母さんに相談《そうだん》しな

いといけないいだろう。なにしろ、まだ未成年《みせいねん》だし。」

といってから、さっき指《ゆび》さした地図の場所《ばしょ》をペンでまるくかこみ、

「じゃあ、きょうのところはこれで、ということにしよう。この地図はもってかえってくれたまえ。それから、封怪函《ふうかいかん》もわすれないようにね。」

といい、テーブルの上のボタンをおした。

そんなわけで、ぼくはまたベンツでうちまでおくってもらったのだが、あたりまえのように、白い猫《ねこ》はぼくといっしょに車にのって、ぼくのうちまでついてきた。

車の中で、白猫《ねこ》は、

「おれは黄金白銀丸《こがねしろがねまる》っていうんだ。字は黄金《おうごん》っていう字に白い銀《ぎん》。それに漁《ぎょ》船《せん》の名まえのさいごなんかにつく丸。長いからよぶときはシロガネ丸《まる》でいい。」

と自己紹介《じこしょうかい》した。

「ところで、あなたはどうして波倉《なみくら》会長のうちにいたんですか。」

ぼくがたずねると、シロガネ丸《まる》と名のった白い猫《ねこ》は目をほそめて答えた。

「おれはずっとまえから、何年かごとに、あのやしきにいって、気づかれないように、ようすをさぐっていた。そしたら、四郎《しろう》の別荘《べっそう》で幽霊《ゆうれい》さわぎがおこって、こりゃあ、おもしろくなってきたと思っていたら、四《し》郎《ろう》が封怪函《ふうかいかん》のことをしらべだしたのさ。そこで、あいつに話しかけて、

相談《そうだん》にのってやったわけだよ。さすがにあいつは大物だね。おれが話しかけたときも、さほどおどろかなかった。」

ぼくはさらにたずねた。

「どうして、何年かごとに、あのうちのようすをさぐっていたんです。」

「そりゃあ、おまえ。金もちとか、力のあるやつっていうのは、いつか陰陽《おんみょう》師《じ》が必要《ひつよう》になるもんだからな。おれは、陰陽師《おんみょうじ》をさがして、ずっと生きてきた。」

「ずっとって？　どれくらいですか？」

「もう千年以上《いじょう》さ。さいしょにおれがつかえた陰陽師《おんみょうじ》はおまえの先祖《せんぞ》の蘆屋《あしや》道満《どうまん》だ。あいつは、すごいやつだったよ。おれはあいつの式神《しきがみ》だった。あいつとおれの関係《かんけい》は、西洋《せいよう》でいえば、魔女《まじょ》と黒猫《ねこ》の関係《かんけい》みたいなものだ。」

シロガネ丸《まる》はそういうと大きく目をひらき、ぼくの顔をしみじみ見てから、こういいたした。

「だけど、おまえ。蘆屋道満《あしやどうまん》の小さいころにそっくりだな。」

「そ、そうですか……。」

と、なんとなく気分がひいていくぼくに、シロガネ丸《まる》はいった。

「ま、そうかたくならずにだな、おれには敬語《けいご》なんか使《つか》わなくていいぞ。なにしろ、おれはおまえの式神《しきがみ》になってやることにきめたんだし。これからは、おれおまえの関係《かんけい》でいこうぜ。」

「おれおまえの関係《かんけい》って……。」

とぼくがとまどっているうちに、車はぼくのうちのまえについた。

とちゅうで、運転手《うんてんしゅ》がぼくのうちに電話をかけたので、父さんと母さんがうちのまえでまっていてくれた。

運転手《うんてんしゅ》があけてくれたドアからおりると、父さんがぼくにいった。

「おまえ、すごいね。波倉《なみくら》会長にやとわれたんだって？東神鉄道特別顧《とうじんてつどうとくべつこ》
問《もん》っていうかたがきだそうじゃないか。三十分くらいまえ、波倉《なみくら》会長から電

話がかかってきて、おれに許可《きょか》してくれっていってた。」

「父さん、なんてへんじしたんだ？」

ぼくがたずねると、父さんはあたりまえみたいに答えた。

「もちろん、オーケーしたさ。だって、おまえ。しごとっていうのは、おばけの調査《ちょうさ》と捕獲《ほかく》だっていうじゃないか。ようするに、会長のおあそびのおつきあいだ。」

「おあそびのおつきあい？」

ぼくが父さんのことばをくりかえすと、父さんはいった。

「そうとも。おばけなんか、世《よ》の中《なか》にいないんだから、調査《ちょうさ》っていったって、まあ、探偵《たんてい》ごっこみたいなことをしていりゃあ、いいんじゃないか。いないおばけをつかまえようとしたって、つかまりっこないさ。波倉《なみくら》会長があきるまで、つきあえばいいのさ。」

それから、父さんはちょっとまじめな顔になり、ぼくにいった。

「ところで、給料《きゅうりょう》は？　特別顧問《とくべつこもん》っていうくらいだから、けっこうもらえるんじゃないか。なにしろ、猫《ねこ》のあずかり賃《ちん》だけで、月に五十万円くれるっていうんだからな。おれの月給《げっきゅう》より多いんだぞ。」

「月に五十万円って……。」

と、ぼくが父さんのことばをまたくりかえしたとき、車のトランクのほうから、母さんが運転手《うんてんしゅ》と話している声がきこえた。

「まあ、すみません。たいしたこともしておりませんのに、お気を使《つか》っていただき……。」

見れば、運転手《うんてんしゅ》が母さんに何かわたしている。トランクに入れてあったのだろう。東神《とうじん》デパートの包装紙《ほうそうし》につつまれた、けっこう大きな箱《はこ》だ。

「ええ、ええ。むすこなら、いつでもお使《つか》いください。春休みがおわりましても、学校なんていつでも休ませて、おたくにうかがわせます。はい……。」

母さんはにこにこして、運転手《うんてんしゅ》にそんなことをいっている。

まあ、そんなわけで、ぼくは東《とう》神鉄道特別顧問《じんてつどうとくべつこもん》というか、つまり陰陽師《おんみょうじ》として、東神《とうじん》グループの波《なみ》倉四郎《くらしろう》会長にやとわれ、会長のゆめをかなえる手つだいをすることになってしまったのだった。

四 夜のコンテナ基地《きち》と知らない呪文《じゅもん》

ボボボーワーン……。

遠くから船の汽笛《きてき》がきこえてくる。

「あんまり、きてたのしいっていう場所《ばしょ》じゃないね。」

ぼくがそういうと、となりを歩いてたシロガネ丸《まる》は、

「おまえね。妖怪《ようかい》なんていうのは、人間がわくわくしてやってくるような場《ば》所《しょ》には、あんまりいないんだよ。」

と答え、

「つぎのかどを右にまがってみようか。」

といいたした。

ぼくが波倉《なみくら》会長のうちからかえってきた日のつぎの日、つまりそれは月曜日だったが、ぼくとシロガネ丸《まる》はもうしごとをはじめていた。

会長にわたされた地図が入っていた紙ぶくろには、百目《ひゃくめ》という妖怪《ようかい》の捕獲依頼《ほかくいらい》カードが入っていた。

このカードのことはシロガネ丸《まる》も知っていて、

「どうせやるなら、早いとこつかまえちまおう。」

というので、夜、うちからハイヤーで横《よこ》浜《はま》までやってきたというわけだった。

小学生が猫《ねこ》をつれて、いったいどうやってハイヤーにのるのかというと、会長にわたされたふくろの中には、東神《とうじん》グループのすべての会社の電話番号《ばんごう》が書いてある手《て》帳《ちょう》が入っていて、そこに、うちの近所《きんじょ》の東神《とうじん》タクシーの営《えい》業《ぎょう》所《しょ》の電話番号《ばんごう》も書いてあった。

シロガネ丸《まる》がいうには、

「その手《て》帳《ちょう》に書いてある会社だったら、何をどう使《つか》っても、金ははらわなくていい。ふくろの中に、黒いクレジットカードみたいなのが入っているだろ。それを見せれば、オーケーさ。」

ということだった。

それで、東神《とうじん》タクシーの営《えい》業《ぎょう》所《しょ》に電話をし、ぼくの名まえをいって、タクシーをよぶと、ぼくをむかえにきたのは、タクシーではなく、ハイヤーだった。ついでにいっておくと、黒いプラスチックのカードのほかに、携帯《けいたい》電話もひとつ入っていたから、タクシーはその電話でよんだのだった。

もちろん、父さんと母さんには、横浜《よこはま》に出かけることはいった。もう夜の八時をすぎていたし、父さんはちょっと心配《しんぱい》そうな顔をしたけれど、むかえにきた黒ぬりの高級車《こうきゅうしゃ》のハイヤーの運転手《うんてんしゅ》が、

「ご用がすみしだい、ご子息《しそく》をこちらにおくりとどけさせていただきます。」

といったので、すっかり安心《あんしん》したようだった。

母さんはぜんぜん心配《しんぱい》しているようすはなく、ぼくが出てくるときも、テレビを見ていた。

横浜《よこはま》のマリンタワーの下でハイヤーをおりるとき、運転手《うんてんしゅ》がぼくに携帯《けいたい》電話の番号《ばんごう》が書かれたカードをくれて、こういった。

「おかえりのときや、ご用がございましたら、ここに電話をください。わたしは、このあたりのてきとうな場所《ばしょ》でおまちしておりますから。」

ハイヤーをおりたぼくたちは、地図にしるしがついている場所《ばしょ》をめざして歩きだした。そこは、海にそった公園のはずれから、さらにおくに入ったと

ころだった。

コンテナがたくさんならんでいる運送基地《うんそうきち》のようなところをあちらこちら歩いているうちに、だんだん霧《きり》が出てきた。

「あんまり、きてたのしいっていう場所《ばしょ》じゃないね。」

とぼくがいったのは、ちょうどそのときだった。

シロガネ丸《まる》がコンテナにそって右にまがると、正面にコンクリートのへいが、霧《きり》にかすんで見えた。

「あのへいのむこうは海だな。」

シロガネ丸《まる》が鼻《はな》をヒクヒクうごかして、そういった。

コンクリートべいのこちらに、青白いあかりが見えた。電柱《でんちゅう》にけいこう灯《とう》がついている。

「いないね……。」

小さな声でぼくがそういうと、シロガネ丸《まる》は、

「そうかんたんには見つからないさ。もうしばらくさがして、いなかったら、またあしたの夜にこよう。」

と答えたが、そのことばがおわるかおわらないかというとき、何かねばりけのあるような音がきこえた。

ヌチャ……。

ぼくは立ちどまって、いった。

「ねえ、シロガネ丸《まる》。なんか、ふんだ？」

「いや、おれじゃないが……。」

とシロガネ丸《まる》は立ちどまりもせずにいい、そのあと、

「おれは何もふんでないが、こりゃあ、近くにきているかも……。」

とささやくような声でいいたした。

ぼくはまた歩きだして、いった。

「きてるかもって、何が？　百目《ひゃくめ》が？」

「いや、百目《ひゃくめ》とはいってない。ひょっとすると、べつのものかもしれないが、たしかに近くにいる。」

そういって、左右を見たシロガネ丸《まる》のひげは、ピンと立って大きく左右にひろがっている。

こういうとき、ふりむくのはいやだったが、ぼくはそっとうしろを見てみた。だが、今までがってきたかどが見えるだけで、あやしいもののすがたはなかった。

うしろからとはかぎらない。上からくるかもしれないし、地面《じめん》からあらわれるかもしれない。

ぼくは歩きながら、まず足もとを見て、何もおこっていないことをたしかめてから、暗《くら》い空を見あげた。空も霧《きり》でかすんでいるだけだった。

「あのさ。百目《ひゃくめ》って、どんな妖怪《ようかい》か、教えてよ。」

ぼくはうちを出るまえに一回、ハイヤーの中で一回、同じ質問《しつもん》をシロガネ丸《まる》にしたのだが、三度《ど》めの今も、へんじは同じだった。

「だから、捕獲依頼《ほかくいらい》のカードに書いてあったろ。『目が百ある。』って。」

「それって、あんまり説明《せつめい》になってないよ。もっと、くわしいこと、知らないのか。」

「さあなあ。平安時代《へいあんじだい》にはいなかったと思う。けっこう、最近《さいきん》のやつじゃないの、その妖怪《ようかい》。」

「最近《さいきん》って？」

「たとえば、江戸時代《えどじだい》とか。」

「えーっ？　江戸時代《えどじだい》って、最近《さいきん》なの。」

「最近《さいきん》はいいすぎかな。じゃあ、ちょっとまえってところかな。どっちにしても、おれはよく知らない。まあ、いいじゃないか。百あるのは目で、手とか口じゃないいんだから。」

「それ、どういういみ？」

「どういういみって、もし手が百あってみろ。すごく気もち悪《わる》いやつに百の手でつかまれて、だきつかれるところ、想像《そうぞう》してみろよ。それから、口が百もあるやつに、ガブガブ、百か所《しょ》同時にかみつかれるところとか……。」

いったいすごく気もち悪《わる》いやつって、どういうやつなのか、ぼくには想像《そうぞう》しきれなかったけれど、百本の手であちこちつかまれるとか、百この口で同時にかみつかれるっていうのは、気絶《きぜつ》するほどいやだろうということはわかった。

「そ、そうだね……。手や口じゃなくて、よかったかも……。」

ぼくがそういったとき、またへんな音がした。

ヌチャ……。

「また、音がしたんだけど……。」

そういったぼくの声はかすれていた。

「わかってるよ。おれにもきこえてる。おれは、おまえより耳がいいんだからな。」

シロガネ丸《まる》はそういって、きゅうに立ちどまった。もちろん、ぼくもそれにあわせて立ちどまった。

「ヒカル。こりゃあ、だいぶ近いぞ……。」

とシロガネ丸《まる》がつぶやいたとき、クチャッと小さな音がして、ぼくの首すじに何かがさわった。

ゾクッとかみのけがさかだつのが自分でもわかった。

首すじにさわった何かは、そのまま首すじにへばりついているみたいだった。ぼくは右手を首のうしろにやり、その何かをつかんだ。なんだかグニャリとしている。つかむと、それは意外《いがい》にかんたんに首すじからはなれた。

霧《きり》がかかっていたし、なにしろ夜なのだ。てのひらをひろげてみたが、その何かがなんなのか、ぼくにはすぐにはわからなかった。

ぼくはときどき、暗《くら》いなと思うと、いきなりまわりが明るくなることがある。そのときもそうだった。なんとなくあたりが明るくなって、てのひらの中のものがはっきり見えた。

ちょっと見には、それはやわらかいピンポンの球《たま》のようだった。だが、ピンポンの球《たま》はけっしてグニャリとしていないし、ヌチャッと首すじにへばりついたりしない。

それは、つまり、目、というか、目玉だったのだ！

「わっ！」

と声をあげ、ぼくは手の中のものを地面《じめん》になげすてた。だが、それは地面《じめん》にたたきつけられるまえに、ふわりとういて、ぼくの顔のほんの五十センチばかりさきのところで、空中にとまった。

「シ、シロガネ丸《まる》。こ、こいつ、目玉だよ。でも、ひとつだ。百じゃない。」

ぼくは目のまえの目と目をあわせながら、そういった。

ぼくのすぐ右で、シロガネ丸《まる》がへんじをした。

「おまえの目のまえには、たしかにひとつしかないけど、ちょっとうしろを見てみな。しっかり数えていないが、のこりの九十九がおあつまりのようだぜ。」

ぼくはさっとふりむいた。すると、いつのまにあつまったのか、大小さまざまのたくさんの目が空中にうき、ぼくとシロガネ丸《まる》を見おろしたり、見あげたり、まっすぐから見つめたりしているではないか！

「ヒカル！　封怪函《ふうかいかん》を出せ！」

シロガネ丸《まる》にいわれ、ぼくはズボンのポケットから封怪函《ふうかいかん》を出した。

「ヒカル！　ふたをあけるんだ！」

いわれたとおり、ぼくはふたをあけた。

「よし。呪文《じゅもん》だ。呪文《じゅもん》をとなえろ！」

これまた、ぼくはいわれたとおりにしようとした。でも、ぼくの口から出たのは呪文《じゅもん》ではなく、

「じゅ、呪文《じゅもん》って何？」

ということばだった。

「呪文《じゅもん》っていったら、封怪函《ふうかいかん》に妖怪《ようかい》をとじこめるときに使《つか》う呪文《じゅもん》だ。」

シロガネ丸《まる》はあたりまえみたいにいったけれど、ぼくはそんな呪文《じゅもん》は知らなかった。

「そんなの、知らないよ。」

ぼくはそういうしかなかったけれども、これにはシロガネ丸《まる》もおどろいた

ようだった。

「知らないだって？　おまえ、呪文《じゅもん》を知らないなんて、いってなかったじゃないか。」

「いわなかったけれど、知ってるとも、いってないよ。」

「あじゃぁ……。」

といったあと、シロガネ丸《まる》がためいきをついたのがわかった。

ぼくとシロガネ丸《まる》がそんなことをいっているうちに、大小たくさんの目たちは空中で上下左右に動き、だんだんぼくたちをとりかこむような形をとってきた。

「こりゃあ、どうやら、攻撃《こうげき》のフォーメーションだな。」

とシロガネ丸《まる》はいった。

「フォーメーションって何？」

そういうことをきいている場合《ばあい》ではないような気もしたのだが、あとでそれが重大なことになるといけないので、ぼくはきいてみたのだ。

「陣形《じんけい》だよ。おまえ、平成《へいせい》生まれのくせに、そんな英語《えいご》も知らないの？　おれなんて、平安時代《へいあんじだい》の生まれだけど、けっこう英語《えいご》とか、知ってるぞ。」

とえばったようなことを口ではいっていたが、シロガネ丸《まる》はあとずさりをしている。

「うしろにもいるんだから、あとずさりしたってむだなんじゃ……。」

とぼくがいったときにはもう、シロガネ丸《まる》はすっかりぼくのうしろにまわっていた。

大きいのはサッカーボールくらい、小さいのはピンポン球《だま》くらい、とにかくたくさんの目がじわじわと輪《わ》をちぢめ、ぼくたちにせまってくる。

ぼくのうしろで、シロガネ丸《まる》がいった。

「ここはいったん退散《たいさん》するか。封怪函《ふうかいかん》の呪文《じゅもん》も知らないんじゃ、話にならない。」

「シロガネ丸《まる》は、その呪文《じゅもん》、知ってるのか？」

ぼくがまえを見たままたずねると、うしろでシロガネ丸《まる》がへんじをした。

「知っているよ。だけど、呪文《じゅもん》は、封怪函《ふうかいかん》のもちぬしの陰陽師《おんみょうじ》が、ちゃんといみがわかったうえで、となえないとだめなんだ。今、呪文《じゅもん》やそのいみまで教えてる時間はなさそうだしな。」

「じゃあ、シロガネ丸《まる》のいうとおり、ここはにげよう。でも、どっちに?」

といいながら、ぼくはうしろをふりむいた。そして、ふりむいたしゅんかん、こりゃもうだめだ、とぼくは思わないわけにはいかなくなった。

今の今まで、シロガネ丸《まる》がいたはずなのに、シロガネ丸《まる》のすがたはなく、そこにいたのは一頭の白いトラだった。

百目《ひゃくめ》の正体がトラだなんて、捕獲依頼《ほかくいらい》のカードには書いてなかったはずだ。

ぼくがそう思ったとき、トラが大きく口をあけ、

「グワオーッ!」

とほえたのだった。

五

追《お》いつめられたぼくたちとあらわれた火の玉

目のまえでトラにほえられ、ぼくは、

「わっ！」

とさけんで、うしろにのけぞった。

ヌチャッ！

頭に何かがぶつかる。いや、何かではない。それが、いくつもある目玉の中のひとつだということは、はっきりしていた。たぶん、頭にぶつかったかんじでは、サッカーボールくらいの目玉だろう。

ぼくはそのまま、あおむけにたおれたが、頭にさわったものがそのままそこにへばりついていたので、コンクリートの道路《どうろ》に頭をガツンとうちつけず

にすんだ。だからといって、状況《じょうきょう》は、うれしくてしょうがないというものではなかった。

「グガーッ！」

ほえながら、トラが鼻《はな》さきをぼくの顔に近づけてくる。目のまえにトラ！　頭の下に大目玉！　しかも、ぼくはあおむけにたおれている！

　こういうのを絶体絶命《ぜったいぜつめい》というのではないだろうか！

　ところが意外《いがい》にも、

「グガーッ！」

とほえたあと、トラがいった。

「おれだ、おれだ。シロガネ丸《まる》だ。」

「えっ？」

とぼくは顔をあげた。よく見てみると、なるほど目の色が金と銀《ぎん》だ。

「ほら、こんなところで、目玉をまくらにおねんねしてないで、はやくおれの首にしがみつけ。」

なんでいきなりシロガネ丸《まる》が大きくなったのかわからなかったが、ひとまず封怪函《ふうかいかん》をポケットにしまうと、いわれたとおり、ぼくはシロガネ丸《まる》の首にしがみついた。すると、いきなりシロガネ丸《まる》が走りだした。

空中にちらばる目玉たちをくぐりぬけ、ぼくをひきずって、シロガネ丸《まる》が走る。

ひきずられているぼくは、くつは左のほうがぬげてしまうし、ズボンはやぶれてしまうし、しかも、頭のうしろには大きな目

玉がへばりついたままなのだ。おまけに、うでだって、だんだんつかれてくる。

「シ、シロガネ丸《まる》。どこまでにげるんだ。」

ぼくがそういったとき、とつぜん、シロガネ丸《まる》が立ちどまった。

霧《きり》にかすんで、目のまえに見えたのは、二だんにかさねられた大型《おおがた》コンテナだった。そこがいきどまりになっていたのだ。

シロガネ丸《まる》はふりかえった。ぼくもひきずられて、ふりかえることになる。

だが、そこにはもう、大小たくさんの目玉がぼくたちを追《お》って、空中にずらりとフォーメーションをくんでいたのだ。

「こうなったら、コンテナをとびこえるしかないな。しっかりつかまってろよ。」

シロガネ丸《まる》は、いきどまりのコンテナのほうにむきをかえ、ぐっとこしをおとした。ところが、そのとき、コンテナの上に黒っぽいかげのようなものがあらわれた。

「にゅっちゃくっちゃ、にゅっちゃくっちゃ……。」

声だか音だかわからないようなものが上からきこえる。

こしをおとして、ジャンプのしせいをとっていたシロガネ丸《まる》が、ためいきをついていった。

「おい、ヒカル。こりゃあ、上にもにげられない。こうなったら、戦《たたか》うしかないかもな。ちょっと、首から手をはなしてくれないか。」

ぼくはだきついていたうでをはなし、地面《じめん》に立ちあがった。

シロガネ丸《まる》が口をぼくの耳につけて、ささやいた。

「コンテナの上にいるやつが、たぶん、百目《ひゃくめ》の本体だ。」

コンテナの上を見あげると、黒いかげのようなものが、

「にゅっちゃくっちゃ、にゅっちゃくっちゃ……。」

と声だか音だかを出しながら、クモのようにコンテナにへばりつき、下にお

りてこようとしている。
「暗《くら》くてよくわからないけど、なんだか、でっかいナメクジみたいじゃないか。」
ぼくがそういったとき、まわりがいくらか明るくなり、黒いかげのように見えていたものが、たしかに巨大《きょだい》なナメクジのようなもので、しかも、体のいたるところがぼこぼこへこんでいることがわかった。
巨大《きょだい》ナメクジは地面《じめん》におりると、たてにのびて、立ちあがるようなかっこうになった。そして、見ているうちに、だんだん人間の、しかも、すもうの力士《りきし》のような体つきになっていった。うでものびてきて、足も出てきた。でも、力士《りきし》とちがうのはその大きさだった。背《せ》の高さは日本一大きな力士《りきし》の倍《ばい》はあるだろう。あいかわらず、体はでこぼこへこんでいたが、へこみはどこもまるかった。たったひとつ、顔についているへこみだけが、よこに長く、どうやらそこが口らしかった。

「にゅっちゃくっちゃ、にゅっちゃくっちゃ……。」

その口から、いみ不明《ふめい》のことばを発《はっ》しながら、百目《ひゃくめ》の本体らしい怪物《かいぶつ》が両《りょう》うでをひろげ、こちらに近よってくる。

シロガネ丸《まる》がぼくにいった。

「おい、ヒカル。おまえ、いちおう陰陽師《おんみょうじ》なんだから、なんとかしろよ、このばけもの。」

ぼくはあとずさりしながら、いった。

「なんとかしろって、どう、なんとかするんだ。」

「だから、なんか呪文《じゅもん》みたいなものをとなえるとかだ。何か知ってるだろ。知ってるやつをいってみろよ。」

「知ってるやつって……。」

ぼくはちょっと考えてから、

「ナムアミダブッ！」

といってみた。

よこで、シロガネ丸《まる》がためいきをついたのがわかった。

「あーあ、おまえ、南無阿弥陀仏《なむあみだぶつ》はないだろう。そりゃあ、ありがたいお経《きょう》かもしれないが、どうもこういう場合《ばあい》には、ふさわしくないと思う。」

まえに怪物《かいぶつ》、うしろに目玉のフォーメーション。両側《りょうがわ》はコンテナ。

ともかくぼくはコンテナのほうに背中《せなか》をむけ、うしろから目玉たちにおそいかかられるのだけはさけようとした。そうはいっても、頭のうしろには、サッカーボールくらいの目玉がへばりついたままだったけれど。

あなぼこだらけの巨大力士《きょだいりきし》のような怪物《かいぶつ》が両《りょう》うでをあげて、おおいかぶさってくる。そして、今はもう、目玉もフォーメーションをせばめ、ぼくたちから五十センチもはなれていないところで、うようよ、とびまわっている。

「にゅっちゃくっちゃ、にゅっちゃくっちゃ……。」

口をぐにゃぐにゃうごかしながら、怪物《かいぶつ》が両手《りょうて》をのばし、ぼくの頭をつかんだ。

こうなったら、気もちが悪《わる》いなんていっていられない。ぼくは、怪物《かいぶつ》の左手を両手《りょうて》でつかみかえし、

「あっちへいけよ、おまえ！」

とさけんだ。

するとそのしゅんかん、べつのやつらがコンテナの上にあらわれた。

ブォッ、ブォッ、ブォッ！

連続《れんぞく》して、ガスに火がつくような音がしたかとおもうと、まわりのコンテナの上に無数《むすう》の火の玉があらわれたのだ。

ブォーッ、ブォーッ、ブォーッ！

火の玉はだんだん大きくなり、いきおいをましてくる。あたりは、ナイターの照明《しょうめい》を正面《しょうめん》からあてられているくらいに明るくなった。

怪物《かいぶつ》がぼくの頭から手をはなした。

目をほそめ、コンテナの上の火の玉を見あげているシロガネ丸《まる》に、ぼくはたずねた。

「あれって、何？ 百目《ひゃくめ》とはべつの妖怪《ようかい》？」

シロガネ丸《まる》がぼくを見て、首をかしげた。

そのあいだにも、無数《むすう》の火の玉は光をまし、あたりはどんどん明るくなっていく。世界《せかい》はまるで露出《ろしゅつ》オーバーの白っちゃけた写真《しゃしん》のようになっていった。

ところが、そのときだった。ぼくた

ちにせまっていた目玉たちが、すいよせられるようにして、でこぼこの怪物《かいぶつ》にむかってとんでいき、それぞれ、大きさにふさわしいでこぼこに、はまっていった。でこぼこは目玉が入るあなだったようだ。

やっぱり、この怪物《かいぶつ》は百目《ひゃくめ》だったのだ！

ぼくの頭にへばりついていた目玉も、ぼくからはなれ、でこぼこのひとつにはまりこんだ。

すっかり目玉がはまりこんでしまうと、まぶたのようなものがおりて、目玉が見えなくなった。どの目もとじてしまうと、百目《ひゃくめ》は両手《りょうて》で自分の頭をかかえこみ、その場にへたりこんだ。

「にゅっちゃくっちゃ、まぶし。にゅっちゃくっちゃ、まぶし……。」

「何かいってるみたいだけど。」

ぼくがそういうと、シロガネ丸《まる》はうなずいて、

「どうも、ようすがへんだな。コンテナの上の火の玉だけど、どうも敵《てき》じゃ

ないような気がする……。」

といった。

「にゅっちゃくっちゃ、まぶし。にゅっちゃくっちゃ、こうさん。まぶし、にゅっちゃくっちゃ、こうさん……。」

百目《ひゃくめ》はすっかりへたりこんで、そんなことをいっている。

「どうやら、こいつ、『降参《こうさん》』っていってるみたいだ。」

シロガネ丸《まる》がそういうと、百目《ひゃくめ》はうなずいたように見えた。

「おい、ヒカル。封怪函《ふうかいかん》を出して、ふたをあけてみな。」

シロガネ丸《まる》にいわれ、ぼくはポケットから封怪函《ふうかいかん》を出して、ふたをひらいた。するとどうだろう。呪文《じゅもん》も何もとなえないのに、百目《ひゃくめ》が自分から封怪函《ふうかいかん》にとびこんだ、というより、すいこまれていった。

百目《ひゃくめ》が封怪函《ふうかいかん》に入ってしまうと、コンテナの上の火の玉もひとつまたひとつと消《き》えていった。

何がどうなってこうなったのか、わけがわからず、ぼくがぼうっとしていると、シロガネ丸《まる》がいった。

「とにかく、封怪函《ふうかいかん》のふたをしめたほうがいいと思うけどな。」

ぼくは、

「そ、そうだね。」

と答え、あわてて封怪函《ふうかいかん》のふたをとじた。

「じゃあ、波倉四郎《なみくらしろう》に電話して、『百目捕獲《ひゃくめほかく》!』って報告《ほうこく》しろよ。それがすんだら、大通りに出て、ハイヤーにむかえにきてもらおう。」

シロガネ丸《まる》はそういってから、ひとりごとのようにつぶやいた。

「こいつ、さっき、『あっちへいけよ、おまえ。』ってさけんだけど、なんだか陰陽師《おんみょうじ》の呪文《じゅもん》としちゃあ、いまひとつピンとこない。ありゃあ、呪文《じゅもん》じゃないだろうなあ……。」

ぼくも、シロガネ丸《まる》のいうとおりだと思った。

六 封怪函《ふうかいかん》の呪文《じゅもん》と百目《ひゃくめ》の事情《じじょう》

シロガネ丸《まる》はトラの大きさのままで、どこからかぼくの左のくつをひろってきてくれた。そして、ふたりで大通りに出たときには、シロガネ丸《まる》はもとの猫《ねこ》の大きさにもどっていた。

ぼくはまず、波倉《なみくら》会長に電話をかけて、百目《ひゃくめ》をつかまえたことを報告《ほうこく》した。会長の直通電話番号《ばんごう》はシロガネ丸《まる》が知っていて、その番号《ばんごう》は東神鉄道《とうじんてつどう》のごくわずかな重役《じゅうやく》たちと、波倉《なみくら》会長の家族《かぞく》しか知らない番号《ばんごう》だという。

ぼくは大通りの歩道のベンチにこしかけて電話をしていたのだが、そのあいだ、あちこちにすりむいてできたぼくのきずをシロガネ丸《まる》がなめていた。会長と話していたので、

「くすぐったいから、いたずらはやめろよ。」

ともいえなかったが、電話がおわったあと、きずを見ると、すっかりなおっていた。

「きみがなめると、きずがなおっちゃうのか。」

ぼくがたずねると、シロガネ丸《まる》はちょっととくいそうに、

「まあな。だけど、大けがはだめだ。今夜くらいのすりきずなら、ひとなめだな。」

と答えた。

夜もおそいので、百目《ひゃくめ》は封怪函《ふうかいかん》に入れたまま、ぼくがいえにもってかえった。うちにかえると、母さんはもうねていたが、父さんはまだおきていた。父さんはぼくのズボンがやぶれているのをちらりと見たけれど、

「さっき、波倉《なみくら》会長から電話があって、もうすぐおまえがかえってくるって教えてくれたんだ。」

とだけいって、ぼくが外で何をしているかたずねずに、寝室《しんしつ》にいってしまった。

ぼくはともかくおふろに入り、それから自分のへやにもどった。

バスタオルで頭をふきながら、シロガネ丸《まる》に、

「きみ、トラになっちゃうんだね。」

というと、それまでゆかでごろごろしていたシロガネ丸《まる》はぼくのベッドにとびのり、

「おまえ。観察力《かんさつりょく》はCじゃないの、ABCのランクでいうと。おれは大きくはなるけど、トラにはならない。こんど大きくなったとき、おれの耳を見てみるんだな。トラ

の耳はさきがまるっこいけど、猫《ねこ》の耳はさきがとがっている。」

といってから、ベッドにすわり、

「まあ、そんなことはいいとして、封怪函《ふうかいかん》を出してみろよ。」

といった。

「出して、どうするんだ。」

ぼくがたずねると、シロガネ丸《まる》はあきれかえったような声で、いった。

「おまえ。あれで今夜のしごとがおわったと思ったのか？　これからまだ、ひとしごとあるんだぞ。」

「ひとしごとって？」

「じゃあ、きくけど、おまえ、封怪函《ふうかいかん》に入っている百目《ひゃくめ》をどうする気だ。」

「どうする気って、会長は電話でしばらくあずかってくれっていったから、会長にとどけるまで、このまま封怪函《ふうかいかん》に入れておくつもりだったけど。」

「それはまずいだろ。いくら百目《ひゃくめ》が降参《こうさん》したからって、波倉四郎《なみくらしろう》がつくるテーマパークに住《す》むことをしょうちさせなきゃだめだ。」

「そりゃあそうかもしれないけど、もししょうちしなかったら、どうするんだ。」

「そりゃあ、きまってるだろ。もとの場所《ばしょ》にかえすさ。」

「えーっ！」

とおどろくぼくに、シロガネ丸《まる》が説明《せつめい》してくれたところによると、こういうことなのだ。

妖怪《ようかい》には、陰陽師《おんみょうじ》と戦《たたか》って負《ま》けると、なんでも命令《めいれい》をきくようになるものもいれば、そうでないものもいる。そうでないものは、すきさえあれば、わざわいをもたらそうとする。そうさせないためには、戦《たたか》いに勝《か》ったときこそ、話しあいが必要《ひつよう》なのだ……、ということなのだ。

ぼくはシロガネ丸《まる》にいった。

「だけど、その話しあいっていうのは、どこで、だれがするんだ。」

「まあ、おまえは封怪函《ふうかいかん》の呪文《じゅもん》も知らないような半人前《まえ》っていうか四分の一人前《まえ》くらいの陰陽師《おんみょうじ》だから、今回はおれがやってやろう。封怪函《ふうかいかん》を出して、ふたをあけてみな。」

シロガネ丸《まる》がそういうので、ぼくは封怪函《ふうかいかん》を出して、ベッドの上においた。

「じゃあ、ちょっとこの中に入って、百目《ひゃくめ》と話してくる。いろいろ事情《じじょう》もあるだろうから、そのあたりのこともじっくりきいてくる。」

といって、シロガネ丸《まる》はこしをおとし、封怪函《ふうかいかん》にとびこもうとしてから、

「おおっと、あぶなかった！」

といい、またベッドにすわりなおした。

なにがあぶないのかと思い、ぼくが封怪函《ふうかいかん》をのぞくと、シロガネ丸《まる》は、

「おまえに封怪函《ふうかいかん》の呪文《じゅもん》を教えておかなきゃ、おれが出られなくなる。おれだって、もとは妖怪《ようかい》だからな。というか、今だって妖怪《ようかい》なんだけどさ。だから、入るときは自由に入れても、出るときは、陰陽師《おんみょうじ》のおまえが呪文《じゅもん》をと

なえないと、出られない。妖怪《ようかい》を封怪函《ふうかいかん》にとじこめるときの呪文《じゅもん》はあとでまた教えるから、今は出すときのだけを教えておく。」

といってから、呪文《じゅもん》を教えてくれた。

「まず、封怪函《ふうかいかん》によびかけ、おれの名まえをいってから、放函《ほうかん》っていうんだ。字は〈放送《ほうそう》〉の〈放《ほう》〉に、北海道《ほっかいどう》の〈函館《はこだて》〉の〈函《はこ》〉。函《はこ》から解《と》き放《はな》つっていういみだ。『封怪函《ふうかいかん》、黄金白銀丸放函《こがねしろがねまるほうかん》！』ってとなえると、おれは出てくることができる。おれが入ったら、ふたをしめて、つぎにふたがコトコト、音をたてたら、おれがあいずしてるんだから、ふたをあけて、『封怪函《ふうかいかん》、黄《こ》金白銀丸放函《がねしろがねまるほうかん》！』っていえよ。」

「わかったよ。『封怪函《ふうかいかん》、黄金白銀丸放函《こがねしろがねまるほうかん》！』だね。だけど、そのとき、百《ひゃく》目《め》も出てきたりしないだろうね。」

「だいじょうぶ。百目《ひゃくめ》の名をとなえないと、百目《ひゃくめ》は出てこれない。じゃあな。」

といいのこし、シロガネ丸《まる》は封怪函《ふうかいかん》にとびこんだ。そして、十分くらいすると、封怪函《ふうかいかん》からコトコトと音がしたので、ぼくは呪文《じゅもん》をとなえた。

「封怪函《ふうかいかん》、黄金白銀丸放函《こがねしろがねまるほうかん》！」

するとまるでアラジンの魔法《まほう》のランプから魔神《まじん》が出てくるときのように、シロガネ丸《まる》は封怪函《ふうかいかん》から出てきた、といいたいところだが、ぼくは魔神《まじん》がランプから出てくるところを見たわけではないから、そういうたとえはできない。それではどう出てきたかというと、呪文《じゅもん》がおわると、もうベッドの上にシロガネ丸《まる》がいた、というふうだった。

「どうだった？　テーマパークにいくことをしょうちした、百目《ひゃくめ》は？」

封怪函《ふうかいかん》のふたをとじて、ぼくがそうたずねると、シロガネ丸《まる》は、

「しょうちするにはしたが、ひとつ条件《じょうけん》を出してきた。」

といって、こんなことをぼくに話した。

もともと百目《ひゃくめ》は横浜《よこはま》にいたわけではなく、日本中、あちこちさまよっていたらしい。百目《ひゃくめ》というのは、ひじょうに好奇心《こうきしん》が強い妖怪《ようかい》で、だれかがそば

にくると、目がひとつはずれて、その人のいえまでついていき、どんなくらしをしているのか、のぞくのだ。目の数は名まえのとおり百あって、百の目でべつべつに見たものが、ぜんぶ百目《ひゃくめ》の本体にわかるようだ。これについて、シロガネ丸《まる》は、

「まあ、ストーカーみたいなやつなんだ。これといって、害《がい》をおよぼすわけじゃないが、やっぱり、夜道を歩いていて、目玉についてこられりゃあ、いやだよな。」

といっていた。

そんなわけで、百目《ひゃくめ》は人々にいやが

られ、日本各地《かくち》をさまよい歩き、とうとう横浜《よこはま》にやってきたという。なぜ、横浜《よこはま》にきたかという理由《りゆう》については、ぼくも首をかしげないわけにはいかなかった。シロガネ丸《まる》はこういったのだ。

「なんていうか、百目《ひゃくめ》はさびしがりやなんだよ。でも、日本にいたら、いやがられるだけだから、コンテナといっしょに貨物船《かもつせん》にしのびこんで、どこか南の島《しま》にいこうとしたらしい。南の島《しま》にいけば、まだ妖怪《ようかい》もたくさんいるし、南の島《しま》の人々はきっと妖怪《ようかい》にもなれていて、日本人よりやさしくしてくれるんじゃないかって、そんなふうにいってた。」

「日本人よりやさしいって、そんなことというけど、今夜、攻撃《こうげき》してきたのは、百目《ひゃくめ》がさきじゃないか。目だって、ただついてきただけじゃなかったぞ。しかも、ひとつじゃなかったし。そのことは、どうなんだよ。」

ぼくがもんくをいうと、シロガネ丸《まる》は、

「妖怪《ようかい》のなかには、陰陽師《おんみょうじ》が近くにくると、わかるやつがいて、百目《ひゃくめ》もそうなんだ。千年以上《いじょう》のあいだ、陰陽師《おんみょうじ》と妖怪《ようかい》はかたきどうしみたいなものだったからなあ。百目《ひゃくめ》としちゃあ、攻撃《こうげき》されるまえにやっつけようと思ったんだろ。まあ、そのへんの気もちはわかるね、おれにも。」

と答えてから、こういった。

「じつはな、波倉四郎《なみくらしろう》の新しいテーマパークのこうほ地っていうのは、瀬戸《せと》内海《ないかい》にある島《しま》なんだ。その島《しま》の話をしたら、百目《ひゃくめ》のやつ、それならそこへひっこしてもいいっていった。だけど、さびしいから、ひとりじゃいやだっていうんだ。せめて、もうひとり、いっしょにひっこす妖怪《ようかい》がいれば、いつでもいくってさ。」

「じゃあ、トウキョウ・オールディーズランドの〈夕ぐれの西洋《せいよう》やしき〉をいっしょにもっていけばいいんじゃないか。」

だが、ぼくの案《あん》にシロガネ丸《まる》は賛成《さんせい》しなかった。

「そりゃあ、だめだよ。〈夕ぐれの西洋《せいよう》やしき〉はトウキョウ・オールディーズランドの人気アトラクションだし、まだ開園《かいえん》していないテーマパークに今ひっこすことは、〈夕ぐれの西洋《せいよう》やしき〉がしょうちしないさ。」

「じゃあ、どうするんだ。」

「まあ、それについちゃあ、おれに案《あん》がないでもないんだけどな。」

「なんだ、それならそうと早くいえばいいじゃないか。それで、案《あん》っていうのは、どんなの？」

「あしたの夜、妖怪《ようかい》にあいにいこう。」

「どこに？」

「あきるの市だ。東京《とうきょう》の西のはずれのほう。」

「そこに、何がいるの？」

「まあ、あした、いけばわかるさ。」

というわけで、ぼくとシロガネ丸《まる》はつぎの夜、また同じハイヤーで、五日《いつか》市街道《いちかいどう》を走り、あきるの市に出かけていったのだった。

七　〈んで〉のまえにつく文字《もじ》と空き地の妖怪《ようかい》

「いいか。おまえがいくと、あいてはおびえるから、まずおれがいって、話をつけてくるからな。ここでまっていろよ。」

つぎの夜、そういってシロガネ丸《まる》が入っていったのは、東京都《とうきょうと》あきるの市にある、とある空き地だった。そこは、往復《おうふく》二車線の道路《どうろ》ぞいで、あたりはにぎやかというほどではないにしても、住宅《じゅうたく》もあれば、コンビニもある。いえ三けんぶんくらい、そこだけ空き地なのだ。まあ、ふしぎといえば、まだ初夏《しょか》にもなっていないのに、草がしげっていることくらいだろう。ハイヤーは、ちょっとはなれた場所《ばしょ》でまっていてもらった。

時刻《じこく》は午後十一時をすぎていた。

シロガネ丸《まる》は空き地に入ると、背《せ》の高い草にかくれて、
すがたが見えなくなった。
耳をすますと、空き地のおくから、かすかに声がきこえてきた。
「んで……。んで……。んで……。」
それは、シロガネ丸《まる》の声ではなかった。だが、その声も
シロガネ丸《まる》が空き地に入って数分たつと、とだえてしまった。
時間がたっていった。十一時二十分、十一時半。
ぼくはだんだんまちくたびれてきた。
やがて、十二時になった。シロガネ丸《まる》が入っていって、
およそ一時間だ。
これは、何かあったんじゃあ……。
ぼくはそう思い、空き地に一歩、足をふみいれた。
草の高さはぼくのむねくらいまであって、空き地のむこうには、

となりのうちとのさかいらしいコンクリートべいが見える。

「あいつ、どっちいったんだろう。」

とひとりごとをいいながら、草をかきわけていくと、とつぜん、足もとでガサリと音がし、草むらからキングコブラがかま首をもたげてきた。

「わっ！」

ぼくはおもわず声をあげ、うしろにとびのいた。

だがそれは、キングコブラではなかった。長くのびた手だったのだ。長い手が地面《じめん》をはって、ぼくの足もとまできて、へびが首をもたげるようにして、てのひらをせりあげたのだ！

とびのいたぼくに、手は手まねきをはじめた。

「んで……。んで……。んで……。」

どこかから、声がきこえてくる。

ぼくはごくりとつばをのみこんだ。

〈んで……〉って、なんだ?

手は手まねきするだけで、ぼくにとびかかってくるようすもない。ぼくは気もちをおちつかせ、耳をすませた。

「んで……。んで……。んで……。」

〈ん〉ではじまる日本語はない。その証拠《しょうこ》に、〈キリン〉なんていうと、しりとりでは負《ま》けになる。〈ん〉のまえに何か文字がつくはずだ。

「そうか。〈ふ〉だな!」

気づいたうれしさに、ぼくは声をあげ、それと同時に、手のさきの地面《じめん》についているうでのあたりをおもいきりふみつけた。

「ぎゃっ!」

空き地のおくのほうで、さけび声がきこえた。でも、それもシロガネ丸《まる》の声ではないようだった。

ぼくにふまれ、手がするするとひっこんでいく。

「なんだ、今の。『ふんで』っていうから、ふんでやったのに、おれいもいわずにかえっていったぞ。」

不満《ふまん》に思ったぼくがひとりごとをいっていると、また足もとで音がして、こんどはシロガネ丸《まる》がやってきた。

「おまえ、いったい何したんだ。もうちょっとで交渉《こうしょう》がうまくいくところだったのに。まってろっていったろうが。」

シロガネ丸《まる》はおこっているようだった。

ぼくはいった。

「だって、なかなかかえってこないし、心配《しんぱい》になったから、きたんじゃないか。そしたら、手があらわれて、『ふんで』ってたのむから、ふんでやったんだよ。そしたら、遠くでさけび声がして、手はどこかにいっちゃった。あ

れ、シロガネ丸《まる》がいっていた妖怪《ようかい》?」

「そうだよ。だけど、『ふんで』じゃなくて、『くんで』っていったんだ、あいつ。〈くんでのポンプ井戸《いど》〉っていって、だれかがとおりかかると、手を出して、手まねきするんだ。それで、『くんで、くんで。』といって、ぎっこんばったん、ポンプを上下させて、水をくませる妖怪《ようかい》なんだ。ほとんど無《む》害《がい》な妖怪《ようかい》さ。ちょっとついてこいよ。」

シロガネ丸《まる》のあとについていくと、空き地のおくに、とってのついた古いポンプ式《しき》の井戸《いど》があった。赤くさびついている。

その井戸《いど》のまえにこしをおろすと、シロガネ丸《まる》はまず井戸《いど》に、

「いや、すまなかった。こいつがさっき話した芦屋《あしや》ヒカルだ。蘆屋道満《あしやどうまん》の子《し》孫《そん》さ。『くんで』を『ふんで』とまちがえて、手をふんじゃったらしい。悪《わる》気《ぎ》はないんだよ。」

といってから、ぼくを見あげた。

「おまえもあやまって、瀬戸内海《せとないかい》の島《しま》に百目《ひゃくめ》といっしょにひっこしてくれってたのめよ。」

そこでぼくが井戸《いど》にむかい、

「あの、ぼく、芦屋《あしや》ヒカルっていって、半人前《まえ》っていうか、四分の一人前《まえ》の陰陽師《おんみょうじ》なんですけど、いろいろ事情《じじょう》があって……。」

といいかけると、シロガネ丸《まる》がよこから口をはさんだ。

「事情《じじょう》はもう話してあるから、早くあやまって、たのめよ。」

ぼくはうなずいて、また井戸《いど》に話しかけた。

「すみませんでした。まちがえて、手をふんじゃって。あの手はあなたの手なんですね。それで、いかがでしょう。瀬戸内海《せとないかい》の島《しま》にひっこしてもらえませんか。百目《ひゃくめ》っていう妖怪《ようかい》といっしょに……。」

すると、とつぜんポンプの口から何か白いものがにゅっとあらわれた。

それは手だった。

手はポンプの口からのびて、ぼくの目のまえにきて、うなずくみたいなかっこうをしてから、ぼくのむねのあたりで、空手《からて》でれんがをわるようなかっこうをした。それを見て、シロガネ丸《まる》がいった。

「あくしゅをしようってことだ。」

ちょっときみが悪《わる》かったけれど、ぼくはその手とあくしゅをした。

「ほら、封怪函《ふうかいかん》のふたをあけろよ。」

シロガネ丸《まる》がいうとおりに、ぼくはズボンのポケットから封怪函《ふうかいかん》を出し、ふたをあけた。

すると、百目《ひゃくめ》のときと同じように、まず手が封怪函《ふうかいかん》にすいこまれ、そのあとで、そしてポンプが、というように、封怪函《ふうかいかん》にすいこまれていった。そして、井戸《いど》があったところには、あなさえのこっていなかった。

八

瀬戸《せと》内妖怪島《うちようかいとう》と今後《こんご》の見とおし

　五月のゴールデンウィークに、ぼくとシロガネ丸《まる》と波倉四郎《なみくらしろう》会長は、瀬戸《せと》内海《ないかい》のある島《しま》に出かけた。その島《しま》には、もともとちゃんとした名まえがあるのだけれど、会長はもうその島《しま》を〈瀬戸《せと》内妖怪島《うちようかいとう》〉とよんでいた。

　瀬戸内海《せとないかい》っていうから、ぼくは広島《ひろしま》あたりまで新幹線《しんかんせん》でいって、そこから船《ふね》なんだろうと思っていたら、ぼくとシロガネ丸《まる》をむかえにきたベンツは、ぼくたちを東京駅《とうきょうえき》ではなく、東神鉄道《とうじんてつどう》の本社につれていった。

　なんと、瀬戸《せと》内妖怪島《うちようかいとう》へは、本社屋上《おくじょう》のヘリポートからヘリコプターでいったのだ。

　会長がいうには、瀬戸《せと》内妖怪島《うちようかいとう》の面積《めんせき》は三百ヘクタール以上《いじょう》ある。だいた

い直径《ちょっけい》二キロメートルの円の面積《めんせき》と同じくらいだ。会長が見せてくれた地図によると、島《しま》は東から西にかけてだんだん高くなっていて、沼《ぬま》や川もある。

ヘリコプターは、島《しま》の東のはずれのたいらな地面《じめん》に着陸《ちゃくりく》した。

〈百目《ひゃくめ》〉と〈くんでのポンプ井戸《いど》〉の性格《せいかく》や特徴《とくちょう》については、もう会長に報告《ほうこく》してあった。会長はふたりのとりあえずの居場所《いばしょ》をもうきめていた。

「島《しま》の東に、いずれ桟橋《さんばし》をつくって、本州《ほんしゅう》や四国《しこく》、九州《きゅうしゅう》からのお客《きゃく》をはこぶフェリーが発着《はっちゃく》できるようにする。

どうやら、百目《ひゃくめ》はひるまがにがてらしいから、港《みなと》の予定地《よていち》にまどのない小《こ》屋《や》をつくっておいたよ。しばらくはそこに住《す》んでもらう。テーマパークが完《かん》成《せい》したら、夜も営業《えいぎょう》する。お客《きゃく》は暗《くら》い島《しま》の中をあちこち歩きまわることになるから、安全確保《あんぜんかくほ》のため、百目《ひゃくめ》には監視役《かんしやく》をしてもらうつもりだ。いずれ、島《しま》に水道をしくが、井戸水《いどみず》もミネラルが豊富《ほうふ》でいい。くんでのポンプ井《い》戸《ど》には、お客《きゃく》においしい地下水《ちかすい》を提供《ていきょう》してもらおう。だが、それはまださきのことで、しばらくは、百目《ひゃくめ》の小屋《こや》のとなりにでも住《す》んでもらう。百目《ひゃくめ》の小屋《こや》のすぐそばに、柱《はしら》をたてて、屋根《やね》をのせたものをつくらせておいた。」

会長はそんなふうにいっていた。

島《しま》につくと、ぼくはまずまどのない小屋《こや》に入り、呪文《じゅもん》をとなえた。

「封怪函《ふうかいかん》、百目放函《ひゃくめほうかん》！」

百目《ひゃくめ》が出てきて、ぼくがあけっぱなしにしておいたせいで、外の光が入ってくるドアをしめた。そして、暗《くら》くなったへやを百の目で見まわし、満足《まんぞく》そ

うにうなずいてから、いった。

「にゅっちゃくっちゃ、にゅっちゃくっちゃ。よる、なったら、さんぽ。くらいと、さんぽ。」

見ていてあんまり気もちがいい光景《こうけい》ではないので、ぼくは、

「じゃあね。テーマパークがはじまったら、夜、いくらでも目で人間のあとをつけていってもいいことになるけど、それまでは、工事《こうじ》の人がきても、おどかしちゃだめだからね。」

とだけいいのこし、ドアをさっとあけて外に出ると、すぐにバタンとしめた。

そして、となりの屋根《やね》と柱《はしら》だけの小《こ》屋《や》へいき、

「封怪函《ふうかいかん》、くんでのポンプ井戸放《いどほう》函《かん》！」

ととなえた。すると、ずっとまえからそこにあったみたいに、屋根《やね》の下に古いポンプ井戸《いど》があらわれた。そして、ポンプの口からにゅっと白い手を出してきたので、ぼくは気もち悪《わる》いのをがまんして、あくしゅをして、いった。

「きみも元気でね。ときどき、百目《ひゃくめ》に水をくんでもらうといいよ。」

ぼくたちはその日のうちに東京《とうきょう》にかえってきた。

それから、ぼくが、ふつうの人間だと熱《あつ》くてもっていられない封怪函《ふうかいかん》をもてたり、寒《さむ》いというのがどういうことなのかよくわからなかったり、暗《くら》いと思うと、なんとなくあたりが明るくなったり、そして、百目《ひゃくめ》に追《お》いつめられたとき、火の玉があらわれてたすけてくれたりしたことについて、シロガネ丸《まる》は、

「おまえとのつきあいははじまったばかりで、まだよくわからないが、そういうのは、おまえが生まれつきもっている力じゃないかな。ひょっとして、おまえ、将来《しょうらい》ものすごい大物陰陽師《おんみょうじ》になるんじゃないか。おまえのうちにつたわっている封怪函《ふうかいかん》にも火のもようがあるし、おまえには火の力がそなわっているな。ひょっとして、おまえって火力陰陽師《おんみょうじ》?」

なんて、人のことを発電所《はつでんしょ》みたいにいっている。

そうそう、妖怪《ようかい》をむりに封怪函《ふうかいかん》にとじこめる呪文《じゅもん》だけど、ぼくはもうシロ

ガネ丸《まる》にならった。もちろん、シロガネ丸《まる》には使《つか》わないという約束《やくそく》でだ。その呪文《じゅもん》については、いつかまた話すことがあると思う。

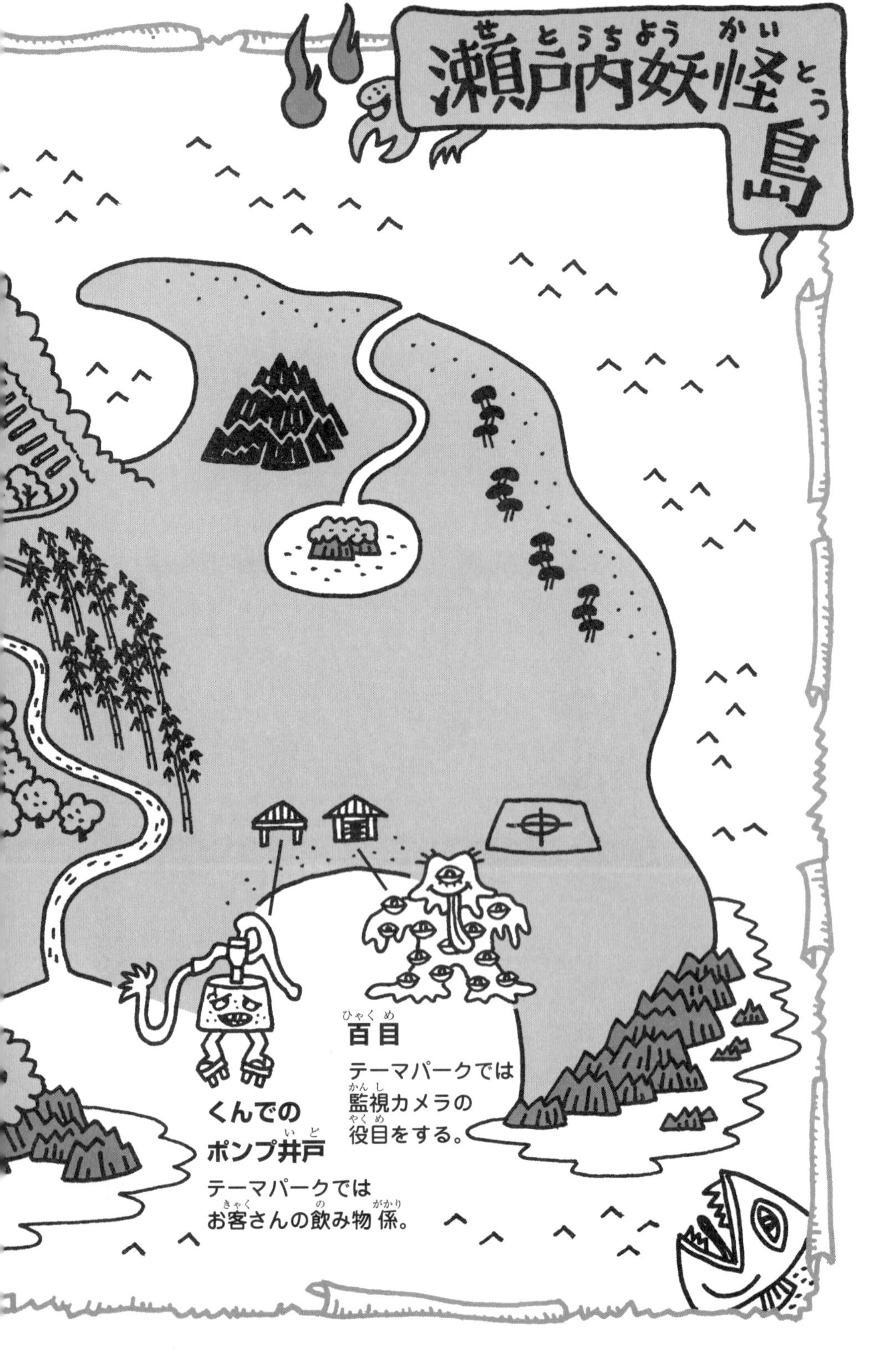
瀬戸内《せとうち》妖怪《ようかい》島《とう》
百目《ひゃくめ》
テーマパークでは
監視《かんし》カメラの
役目《やくめ》をする。
くんでの
ポンプ井戸《いど》
テーマパークでは
お客《きゃく》さんの飲《の》み物係《がかり》。

北
西
東
南

著者紹介　**斉藤　洋**（さいとう　ひろし）
1952年、東京に生まれる。現在、亜細亜大学教授。「ルドルフとイッパイアッテナ」（講談社）で第27回講談社児童文学新人賞受賞。「ルドルフともだちひとりだち」（講談社）で第26回野間児童文芸新人賞受賞。路傍の石幼少年文学賞受賞。「ベンガル虎の少年は……」『なん者・にん者・ぬん者』シリーズ、『ナツカのおばけ事件簿』シリーズ（以上あかね書房）など作品多数。

画家紹介　**大沢幸子**（おおさわ　さちこ）
1961年、東京に生まれる。東京デザイナー学院卒業。児童書の挿絵の作品に『なん者・にん者・ぬん者』シリーズ（あかね書房）、「おむすびころころ　かさじぞうほか」（講談社）、「まんてん小がっこうのびっくり月ようび」（ＰＨＰ研究所）、絵本の作品に「びっくりおばけばこ」（ポプラ社）、旅行記に「モロッコ旅絵日記　フェズのらくだ男」（講談社）などがある。

妖怪ハンター・ヒカル・1
闇夜の百目

発行　2004年11月　初版発行
　　　2006年７月　第２刷
著者　**斉藤 洋**
画家　**大沢幸子**
発行者　**岡本雅晴**
発行所　株式会社**あかね書房**
　　　東京都千代田区西神田3-2-1 〒101-0065
　　　電話　03-3263-0641(代)
印刷所　**錦明印刷株式会社**
製本所　株式会社**難波製本**

NDC 913　99p　22cm
ISBN 4-251-04241-7